RACONTE-MOI UNE HISTOIRE STELLA

MARIE-LOUISE GAY

Dominique et compagnie

Catalogage avant publication
de Bibliothèque et Archives nationales du Québec
et Bibliothèque et Archives Canada

Gay, Marie-Louise
[Read me a story, Stella. Français]
Raconte-moi une histoire, Stella
Traduction de : Read me a story, Stella.
Pour enfants de 3 ans et plus.

ISBN 978-2-89686-680-9

I. Titre. II. Titre : Read me a story, Stella. Français.

PS8563.A868R4214 2013   jC813'.6   C2012-942504-4
PS9563.A868R4214 2013

© 2013 Marie-Louise Gay
Publié par Groundwood Books/House of Anansi Press

Version française pour l'Amérique du Nord
© Les éditions Héritage inc. 2013
Tous droits réservés

Texte français : © Marie-Louise Gay
Directrice littéraire : Lucie Papineau
Réviseure linguistique : Marie-Thérèse Duval
Graphiste : Dominique Simard

Dépôt légal : 3e trimestre 2013
Bibliothèque et Archives nationales du Québec
Bibliothèque et Archives Canada

DOMINIQUE ET COMPAGNIE
300, rue Arran, Saint-Lambert (Québec) Canada J4R 1K5
Téléphone : 514 875-0327
Télécopieur : 450 672-5448
Courriel : dominiqueetcie@editionsheritage.com
www.dominiqueetcompagnie.com

Imprimé en Chine

Nous reconnaissons l'aide financière du gouvernement
du Canada par l'entremise du Fonds du livre du Canada
et par le Conseil des Arts du Canada.

Nous reconnaissons l'aide financière du gouvernement
du Québec par l'entremise du Programme de crédit d'impôt
– SODEC – Programme d'aide à l'édition de livres.

Pour Sherry,
qui voit des nuages
en forme de lapin

– Stella ! crie Sacha. Regarde ce que j'ai trouvé !
– Quelles belles branches ! Vas-tu te construire un nid ?

– Je ne suis pas un oiseau, répond Sacha. Je construis une niche pour Fred.
– Bonne idée ! dit Stella.

– Pourquoi ris-tu, Stella ? demande Sacha.
– Ce livre est trop drôle. Il raconte comment faire de la soupe aux cailloux, comment apprendre à voler à son chat, et même quoi faire quand un loup frappe à la porte.

– Est-ce que ton livre raconte comment construire une niche pour chien ? demande Sacha.
– Non, dit Stella. Mais je peux t'aider.

– Voilà ! Quelle belle niche, n'est-ce pas, Sacha ?
– Penses-tu qu'un loup pourrait souffler sur la niche de Fred et la faire tomber en mille morceaux ? demande Sacha.
– Même une tornade ne pourrait faire tomber cette niche, dit Stella.

– Est-ce qu'un loup peut souffler plus fort qu'une tornade ? chuchote Sacha.
J'aurais peut-être dû choisir des briques. Ou de très gros cailloux.
– Une chose est certaine, Fred a l'air ravi, dit Stella. Allons pique-niquer à
l'étang aux Nénuphars.

– Regarde, Sacha ! La première libellule ! Nous sommes sûrement tout près de l'étang.

– Est-ce qu'il y a des crocodiles dans l'étang ? demande Sacha. Ou des rhinocéros ?

– Mais non, l'étang aux Nénuphars est beaucoup trop petit, répond
Stella. Les crocodiles et les rhinocéros aiment s'éclabousser. Ils ont besoin
de beaucoup d'eau.
– Moi, j'aime les petits étangs, dit Sacha. Fred aussi.

– Est-ce qu'il y a des grenouilles dans ton livre ? demande Sacha.
– Non, mais il y a un vieux crapaud qui porte une veste de velours. Veux-tu que je te lise cette histoire ?

– Pas maintenant, dit Sacha. J'essaie d'attraper une grenouille.

– Est-ce qu'elle porte une veste de velours ? demande Stella.

– Oui, répond Sacha, une veste de velours vert grenouille.

– Cette chenille est si douce qu'elle me chatouille la main, dit Sacha.

– Dans mon livre sur les insectes, dit Stella, on peut voir une chenille. Juste avant qu'elle se transforme en papillon.

– Les chenilles deviennent des papillons ? s'exclame Sacha. Comment font-elles ?

– Elles s'enroulent dans un ruban de soie blanc et rêvent de s'envoler…
– Moi aussi, je vais essayer ça ce soir, déclare Sacha. Penses-tu que la chenille
aimerait habiter dans notre jardin ?
– Pourquoi pas ? Invite-la…

– Regarde, Stella ! Je montre à Fred comment on fait voler
un cerf-volant.
– Cours, Sacha ! Tu dois être plus rapide que le vent, dit Stella.
Toi aussi, Fred.

– Fred a réussi ! crie Sacha. Il fait voler le cerf-volant tout seul !

– Oh non, dit Stella. Fred n'aurait pas dû aboyer…
– Est-ce que le cerf-volant va se prendre l'orteil dans un nuage ?
demande Sacha. Est-ce qu'il va se brûler le bout du nez sur un rayon de
soleil ? Est-ce qu'il va revenir à la maison ?

– Les cerfs-volants connaissent bien le ciel, répond Stella.
Ils chevauchent le vent entre les nuages et les rayons de soleil.
Ils retrouvent toujours leur chemin.

– Ma chenille veut s'asseoir près de cette coccinelle, annonce Sacha. Je pense qu'elles deviendront de bonnes amies.

– C'est l'heure d'arroser le jardin, dit Stella. Les plantes ont très soif.

– N'arrose pas ma chenille, dit Sacha. Elle n'aime pas que ses rayures soient mouillées.
– Oups ! dit Stella. Tout le monde a été arrosé. Même la coccinelle !

– Ça prend combien de temps à pousser, une carotte ? demande Sacha.
– Quand as-tu planté les graines ?
– Très tôt ce matin… Mais les lapins ont faim maintenant,
j'entends leurs ventres gronder.

– Je vais lire un poème à ces lapins affamés, dit Stella.
Ça leur fera passer le temps.
– Peux-tu me le lire aussi ? demande Sacha.
– Bien sûr, dit Stella. Écoute…

Des lapins blancs dansent devant nous
comme des nuages dans un ciel doux,
où poussent carottes et feuilles de chou,
ici et là, un peu partout…

– Stella ! crie Sacha. Regarde ce nuage, on dirait un lapin…
– Est-ce qu'il cherche des carottes ? demande Stella.
– Oui, dit Sacha.

– Pourquoi lis-tu la tête en bas, Stella ? demande Sacha.

– Je lis une histoire de chauve-souris, répond Stella.

– Est-ce que les chauves-souris lisent à l'envers ? demande Sacha.

– Les chauves-souris lisent à l'envers et à l'endroit, dit Stella.
Elles lisent en volant ou en mangeant. Les chauves-souris adorent lire !
– Comme toi, dit Sacha.
– Comme moi, dit Stella.

– Oh ! Voilà la lune, dit Sacha. Qui l'a réveillée ?

– Tous les soirs, la lune est réveillée par le battement d'ailes des chauves-souris qui s'élancent dans le ciel, dit Stella.

– Il me semble que c'est l'heure de mettre Fred au lit dans sa nouvelle niche, ajoute Stella.

– Fred dort dans ma chambre, dit Sacha. Il m'a dit qu'il dormirait peut-être dans sa niche demain soir.

– Stella, chuchote Sacha. Est-ce que tu lis ?
– Oui, répond Stella.

– Fred ne peut pas dormir, dit Sacha. Tu veux nous raconter une histoire ?
– Bien sûr, dit Stella.

– *Il était une fois un petit garçon…*
– Est-ce qu'il se nommait Sacha ? demande Sacha.
– Oui, dit Stella. Et son meilleur ami était un petit chien brun plutôt grassouillet…